Puss in Boots
El Gato con Botas

retold by
Carol Ottolenghi

illustrated by
Mark & Joan Clapsadle

Copyright © 2009 School Specialty Publishing. Published by Brighter Child®, an imprint of School Specialty Publishing, a member of the School Specialty Family. Send all inquiries to: School Specialty Publishing, 8720 Orion Place, Columbus, Ohio 43240-2111.
Made in the U.S.A.   ISBN 0-7696-5863-6   1 2 3 4 5 6 7 8 9 10 HIL 12 11 10 09

Long ago, there was a poor boy named Jack. Jack's parents had died, and all they left him was a cat.

"What am I going to do?" Jack said aloud to himself. "I have no food, no home, and no friends."

Hace mucho tiempo había un chico pobre llamado Jack. Los padres de Jack habían muerto y lo único que le dejaron fue un gato.

—¿Qué voy a hacer? —se dijo a sí mismo, en voz alta—. No tengo ni comida, ni casa, ni amigos.

"Ahem," said the cat. "You have a friend—me."

"But you're a cat," said Jack.

"A *very amazing* cat," said the cat. "If you make me some boots, you will see that I can help you."

—¡Ejem! —dijo el gato—. Tienes un amigo: yo.

—Pero tú eres un gato —dijo Jack.

—Un gato *super increíble* —dijo el gato—. Si me haces unas botas, verás que puedo ayudarte.

Jack made the boots, and the cat pulled them on.

"Thank you," purred the cat. He rubbed his head against Jack's hand.

"You're welcome, Cat," said Jack.

"Call me Puss in Boots," said the cat. "I have a plan to help you. Wait here."

Jack hizo las botas y el gato se las puso.

—Gracias —ronroneó el gato mientras frotaba su cabeza en la mano de Jack.

—De nada, Gato —dijo Jack.

—Llámame Gato con botas —dijo el gato—. Yo tengo un plan para ayudarte. Espérame aquí.

Puss in Boots ran into the woods. He stopped at a small stream.

Aha! thought Puss in Boots. *This is a perfect place to lay my trap.*

Soon, a curious bunny stuck its nose into the trap. *Whoosh!* Quick as a cat, Puss in Boots tied up the bunny in his bag.

El gato con botas corrió por el bosque y se detuvo en un pequeño riachuelo.

"¡Aja! —pensó el gato con botas—. Este es el lugar perfecto para poner mi trampa."

Pronto, un conejo curioso entrometió su nariz en la trampa y ¡zas!, rápido como un gato, el gato con botas ató al conejo dentro de su bolsa.

Puss in Boots trotted through the woods until he came to the king's castle. He banged on the door.

El gato con botas trotó por el bosque hasta llegar al castillo del rey. Golpeó la puerta con estruendo.

"Open up!" he cried. "I have a present for the king's dinner, a present from my liege lord, the Marquis de Calabash."

—¡Abran la puerta! —gritó—. Traigo un regalo para la cena del rey, un regalo de mi gran señor, el marqués de Calabash.

Puss in Boots ran back to Jack. "I told the king about you," said the cat. "Hurry, now you must go swimming."

"What does the king care about me?" asked Jack. "And why am I going swimming?"

"Because you are going to marry the king's daughter," said Puss in Boots.

El gato con botas volvió corriendo adonde estaba Jack. —Le conté al rey de ti —dijo el gato—. Date prisa, ahora debes ir a nadar.

—¿Qué puedo yo importarle al rey? —preguntó Jack—. ¿Y por qué debo ir a nadar?

—Porque vas a casarte con la hija del rey —dijo el gato con botas.

Jack did not understand, but he did like to swim. He took off his clothes and jumped into the river.

Puss in Boots hid Jack's clothes in the bushes and waited. Soon, the king and his daughter came down the road in their coach.

"Help!" he yelled. "The Marquis de Calabash is drowning!"

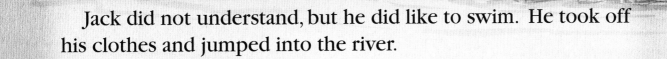

Jack no entendía, pero sí le gustaba nadar. Se quitó la ropa y saltó al río.

El gato con botas escondió su ropa en los arbustos y esperó. Pronto, el rey y su hija aparecieron por el camino en su carruaje.

—¡Socorro! —gritó—. ¡El marqués de Calabash se está ahogando!

The king stopped and helped Jack out of the water. Jack hid in the bushes.

"Thieves stole his clothes," Puss in Boots explained.

The king gave Jack some clothes.

"Let us take you to your home," said the princess.

El rey se detuvo y ayudó a Jack a salir del agua. Jack se escondió en los arbustos.

—Los ladrones se han llevado su ropa —explicó el gato con botas.

El rey le dio a Jack algunas vestimentas.

—Vamos a llevarte a tu casa —dijo la princesa.

"I don't have a home," Jack whispered to Puss in Boots.

"Just follow the road," said the cat. "I will go ahead to prepare."

Puss in Boots ran down the road until he came to some farmers. "If anyone asks who owns this field," he told the farmers, "say it belongs to the Marquis de Calabash. If you do, I shall reward you greatly!"

—Yo no tengo casa —le susurró Jack al gato con botas.

—Simplemente sigue el camino —le dijo el gato—. Yo me adelantaré para prepararlo todo.

El gato con botas corrió por el camino hasta llegar a un lugar donde había unos granjeros. —Si alguien pregunta quién es el dueño de este campo —dijo a los granjeros—, digan que pertenece al marqués de Calabash. Si lo hacen, ¡les daré una inmensa recompensa!

Jack, the princess, and the king soon reached the field.

"Who owns this field?" asked the king.

"The Marquis de Calabash," said a farmer, "and his very amazing cat."

Jack, la princesa y el rey llegaron pronto al campo.

—¿Quién es el dueño de este campo? —preguntó el rey.

—El marqués de Calabash —dijo el granjero— y su gato super increíble.

Puss in Boots ran ahead to a castle. He knocked on the door until an ogre answered.

"Yum!" said the ogre. "Now, I can have cat for lunch."

"Wait!" said Puss in Boots. "I have heard that you can turn yourself into any animal you choose. Is this true?"

"See for yourself," said the ogre.

El gato con botas se fue primero, corriendo en dirección a un castillo. Golpeó la puerta hasta que un ogro la abrió

¡Ñan! —dijo el ogro—. Ahora podré comer gato de almuerzo.

—¡Espera! —dijo el gato con botas—. He oído que te puedes convertir en cualquier animal que quieras. ¿Es verdad?"

—Compruébalo tú mismo —dijo el ogro.

The ogre roared. Suddenly, he was a leaping lion!

The cat sprang to a high window.

"You are big," Puss in Boots told the ogre. "It must be easy for you to turn into something big. But can you turn into something small?"

El ogro rugió y, de repente, se convirtió en un león, ¡dispuesto a atacar!

El gato saltó a lo alto de una ventana.

—Eres grande —le dijo el gato con botas al ogro—. Para ti, debe ser fácil convertirte en algo grande, pero, ¿te puedes convertir en algo pequeño?

The ogre laughed. "Of course I can," he said.

The ogre shrank until he became a tiny mouse. Puss in Boots jumped down from the window and caught the mouse. He popped it into his mouth.

El ogro se rió. —Por supuesto que puedo —le dijo.

El ogro se achicó hasta convertirse en un pequeño ratoncito. El gato con botas saltó de la ventana, agarró al ratón y se lo metió en la boca.

Just then, the king knocked on the castle door.

"Welcome to the home of the Marquis de Calabash," said Puss in Boots.

"This is a very nice castle," said the king.

"Yes," said the cat. "It would be even nicer if the Marquis could share it with a wife. Maybe the princess…"

Justo en ese momento, el rey golpeó a la puerta del castillo.

—Bienvenidos a la morada del marqués de Calabash —dijo el gato con botas.

—Este es un castillo bastante agradable —dijo el rey.

—Sí —dijo el gato—, pero sería aún más agradable si el marqués lo pudiera compartir con una esposa. Tal vez, la princesa…

"Your cat talks a lot," said the princess.

"Yes, he's a very amazing cat," said Jack. "And he is right. I would like a wife."

"Hum," said the princess. "I want to find out if the amazing cat has an amazing owner."

The princess soon decided that she liked Jack very much, and they were married.

—Tu gato habla mucho —dijo la princesa.

—Sí, es un gato super increíble —dijo Jack—. Y él tiene razón. Me gustaría tener una esposa.

—¡Oh! —dijo la princesa—, y yo quiero saber si el gato super increíble tiene un dueño igual de increíble.

La princesa decidió inmediatamente que Jack le encantaba y pronto, se casaron.

Puss in Boots spent the rest of his days living comfortably with them in the castle. And everyone agreed that he was a very amazing cat.

El gato con botas pasó el resto de sus días viviendo con ellos, cómodamente, en el castillo. Y todo el mundo estuvo de acuerdo en que era un gato super increíble.